Momente
der
Entscheidung

Momente der Entscheidung

Kurzgeschichten

von

Margareta Schenk

Impressum

© 2016 Margareta Schenk Autor

Titelbild: © Artmim - www.shutterstock.com

Gestaltung: Bestmarke Werbeagentur - www.bestmarke-agentur.de

Lektorat: Carolin Olivares

Kelebek Verlag Inh. Maria Schenk Franzensbaderstr. 6

86529 Schrobenhausen

ISBN 978-3-9817827-2-1

Druck und Vertrieb BoD GmbH

Bibliografische Information der Deutschen Nationalbibliothek

Die Deutsche Nationalbibliothek verzeichnet diese Publikation in der Deutschen Nationalbibliografie; detaillierte bibliografische Daten sind im Internet über http://dnb.d-nb.de abrufbar.

Inhaltsverzeichnis

Medium

Der Meeresspiegel präsentierte sich von seiner freundlichen Seite. Leicht kräuselten sich die Wellen im Wind. Auf einem Felsen stehend klammerte sich Melissa an einer Stange fest, die fest mit dem Stein verankert war. Ihre feuerroten Haare flatterten im auffrischenden Wind wie ein Notrufsignal. Angstvoll lauschte sie dem Rauschen der Wellen. Immer höher stiegen sie, krachten mit Wucht gegen den Felsen, ließen ihn erbeben.

Wie sie hierhergekommen war, wusste sie nicht. Schaudernd blickte sie in die Tiefe und erkannte, dass der vermeintliche Fels ein Turm war, ein Kirchturm; und sie stand auf dem Dach.

„Hallo, willst du mir den Arm zerquetschen?" Kais Stimme bohrte sich in ihre Gedanken.

Erschrocken blickte Melissa auf, in strahlende, blaue Augen, die ihr schelmisch zuzwinkerten. Das Meer war verschwunden. Melissa stand dicht neben Kai, eingezwängt in die Menschenmenge auf dem Freibadfest der Wasserwacht. Krampfhaft hielt sie sich an seinem Arm fest, als würde sie in der tosenden Menge ertrinken. Sie hatte mal wieder vor sich hingeträumt und die Umgebungsgeräusche in ihren Tagtraum eingebaut.

„Gehen wir nach Hause," sagte sie schließlich. „Ich bin

müde und morgen müssen wir noch beim Aufräumen helfen."

Als Mitglied der Wasserwacht war Kai zum Vorbereiten und Aufräumen des Sommerfestes eingeteilt. Melissa hatte ihre Hilfe ebenfalls angeboten. Das Fest war ein voller Erfolg und würde sicher noch bis weit nach Mitternacht andauern. Nach dem Aufräumen am nächsten Tag planten Kai und Melissa einen Wochenendausflug nach Italien. Noch ein Grund, nicht zu spät nach Hause zu gehen.

**

Gut gelaunt fuhren sie nach getaner Arbeit mit Kais Cabriolet in Richtung Süden. Sie befanden sich gerade auf einer Autobahnbrücke, als Melissa aufschrie: "Sieh doch. Da ist er."

Kai erschrak, verriss das Lenkrad, konnte im letzten Moment einen Unfall verhindern. Wütend drehte er sich zu Melissa, um sie wegen ihrer Unbeherrschtheit zurechtzuweisen. Er blickte in ihr bleiches, schreckens-starres Gesicht. Besorgt versuchte er, sie zu beruhigen. „Was ist los? Hast du einen Geist gesehen?"

„Das nicht gerade!" Melissa starrte weiterhin unverwandt auf den See. „Dort drüben, im See, ist der Turm aus meinem Tagtraum. Das hat sicher etwas zu bedeuten."

„Du siehst also doch Gespenster", frotzelte Kai. „Machen wir eine Pause am Ufer, dann kannst du mir erzählen, was dich daran so erschreckt hat." Ohne eine Erwiderung abzuwarten, lenkte er den blauen Sportwagen zu einem Restaurant am See.

Seit einem Jahr war Melissa mit Kai zusammen. Kai hatte schon öfter ähnliche Ausbrüche von ihr erlebt, doch nie so heftig wie heute. Er hielt sich lieber an Tatsachen und konnte mit Träumen nicht viel anfangen.

Angestrengt überlegte Melissa, wie sie ihrem Freund ihre Angst erklären könnte. Sie verstand sich ja selbst nicht. Sie hatte Kai im letzten Jahr bei einer Übung der Wasserwacht kennengelernt, unter abenteuerlichen Umständen. Neugierig hatte sie sich an diesem denkwürdigen Tag zu weit vorgebeugt, dabei den Halt verloren und war in den Fluss gestürzt, auf dem die Übung stattfand. Kai hatte sie aus dem Wasser gefischt.

Der hochgewachsene, dunkelhaarige Mann hatte ihr auf Anhieb gefallen und so hatte sie, ohne zu zögern, seine Einladung zum Essen angenommen. Seither waren sie unzertrennlich. Melissa hatte sogar einen Tauchkurs belegt, da Kai ein begeisterter Taucher war.

Während sie auf den Kaffee warteten, starrte Melissa wie hypnotisiert den weithin sichtbaren Kirchturm an, dessen oberes Drittel aus dem See herausragte. Monoton wie ein Roboter, begann sie zu erzählen: „Ich weiß ja, dass ich besonders sensibel bin und mehr wahrnehme als andere Leute. Ich habe schon öfter Dinge gesehen, die entweder früher an bestimmten Orten waren, oder Jahre später erst entstanden. Das macht mir keine Angst mehr." Melissa stockte. „Dieses Mal ist es anders. Der Kirchturm existiert ja, aber sein Anblick macht mir Angst. Sie breitet sich in mir aus wie ein reißender Strom. Ich kann nichts dagegen tun."

Kai hörte aufmerksam zu, sah in Melissas blasses Gesicht. So ängstlich kannte er sie nicht. Melissa war trotz allem durchaus realistisch und ließ sich so leicht nicht aus der Ruhe bringen. Er konnte sich nicht vorstellen, was sie an diesem Kirchturm und ihrem Traum so sehr erschreckt hatte. Da er Melissas Hang zur Gründlichkeit zur Genüge kannte, war es für Kai keine Überraschung, als Melissa ihn bat die Urlaubspläne zu ändern. Sie wollte bleiben und sich mit dem Kirchturm näher beschäftigen.
Er zögerte kurz, stimmte dann zu, obwohl er mit dieser Entscheidung nicht glücklich war.

Sie hatten Glück und bekamen das letzte freie Zimmer für zwei Tage in einer nahegelegenen kleinen Pension. Bereits am nächsten Morgen unternahmen sie eine Bootsfahrt zum Kirchturm, der Attraktion des Stausees.

Je näher sie dem Turm kamen, umso unruhiger wurde Melissa. Sie spürte wie die Angst in ihr hochkroch und fühlte, wie Panikattacken ihren Körper erfassten und durchschüttelten, bis am Ende eine Ohnmacht sie von ihren Ängsten erlöste.

Als Melissa aufwachte, lag sie in ihrem Bett im Zimmer der Pension. Neben ihrem Bett stand ein fremder Mann. „Erschrecken sie bitte nicht. Ich bin Kommissar Waller", stellte er sich vor. „Ich würde sie gerne zu ihrem Unfall befragen."

Hilfesuchend irrte Melissas Blick durch das Zimmer, bis sie Kai entdeckte. „Du bist ohnmächtig geworden und dabei aus dem Boot gefallen, als wir am Turm waren. Ich hatte Mühe, dich aus dem See zu bergen. Durch das kalte Wasser bist du wieder zu dir gekommen, hast aber wild um dich geschlagen. Wäre nicht ein zweites Boot aufgetaucht, wären wir wohl beide ertrunken", erklärte Kai.

Nun berichtete Melissa zögernd und unsicher dem Kommissar von ihren Ahnungen und ihrer Angst. Sie war darauf gefasst, für verrückt gehalten zu werden. Doch der Kommissar entpuppte sich als verständnisvoller Zuhörer.

Schnell wurde klar, warum er so reagierte.

Er informierte Melissa und Kai, dass immer wieder Urlauberinnen auf mysteriöse Weise verschwanden. „Schon mehr als einmal ist der See nach ihnen abgesucht worden. Bisher ohne Erfolg. Keine der verschwundenen Frauen ist jemals wieder aufgetaucht."

Die misstrauischen Blicke, die der Kommissar Kai zuwarf, während er redete, waren Melissa nicht entgangen. Sie war verunsichert. Oder hatte sie sich alles nur eingebildet?

Am Nachmittag fühlte sich Melissa so gut, dass sie noch einmal zum Turm im See fahren wollte. Die ganze Sache ließ ihr keine Ruhe. Kai stimmte zu. Sie fuhren an den See, mieteten sich ein Boot und schipperten zum Turm. Auf Melissas Bitte hin hatte Kai seine Taucherausrüstung aus dem Auto mitgenommen. Nun bat sie ihn in der Nähe des Turms zu tauchen. Nur widerstrebend erfüllte er ihren Wunsch, da er Angst hatte, sie könnte eine weitere Panickattacke erleiden.

Im Badeanzug wartete Melissa im Boot. Ihr Freund war schon eine ganze Weile unter Wasser, als sie von einer starken Unruhe ergriffen wurde. Sie ließ sich ins Wasser gleiten, tauchte unter und versuchte, in dem klaren Wasser etwas zu entdecken. Wieder und wieder tauchte sie, bis sie unter Wasser eine schemenhafte Gestalt erkennen konnte. Es war ein Taucher, der einen Sack hinter sich herzog - Und es sah tatsächlich so aus, als würde er in den Turm verschwinden.

Hastig tauchte Melissa auf, zog sich am Bootsrand hoch und ließ sich hineinfallen. Sie zitterte am ganzen Körper, was nicht nur daran lag, dass das Wasser im See recht kühl war. Ihre Gedanken drehten sich im Kreis, überschlugen sich. Tausend Fragen wollten gleichzeitig beantwortet werden.
Wozu brauchte Kai einen Sack? Er hatte doch gar keinen mitgenommen, als er abgetaucht war. Und wieso konnte er die Tür zu diesem Turm öffnen?

Als Kai wieder auftauchte, kauerte Melissa frierend in einer Ecke des Bootes. Fürsorglich wickelte er sie in eine Wolldecke, die sie mitgebracht hatten, und fuhr das Boot zurück. Im Hotel angekommen gönnte sich Melissa ein heißes Bad, zum Aufwärmen und zum Nachdenken.

Anschließend teilte sie ihrem erstaunten Freund mit, sie würde einkaufen gehen, ohne ihn, da sie eine Überraschung geplant habe. Stattdessen suchte sie die Polizeiwache auf, um Kommissar Waller von ihren Beobachtungen zu berichten. Da er unterwegs war, nahm sein Assistent Inspektor Reichel ihre Angaben zu Protokoll. Kurz danach verließen sie gemeinsam das Gebäude.

***

Auch Kai war eine Stunde später auf dem Revier. Er erzählte Kommissar Waller von seinem Tauchgang.

Aufgebracht wies ihn der Kommissar auf die Gefahr seines eigenmächtigen Verhaltens hin. „Wo ist ihr Freundin jetzt?", erkundigte er sich dann etwas versöhnlicher.

Noch bevor Kai antworten konnte, erschien die Sekretärin und fragte nach Inspektor Reichel, der immer noch nicht zurückgekommen sei. Dabei erfuhren die beiden Herren, dass Melissa ebenfalls im Büro gewesen war, weil sie eine Aussage machen wollte.
„Reichels Vater diente früher als Messner in der Kirche. Der Schlüssel zum Turm ist allerdings schon sehr lange verschwunden. Bereits vor dem Fluten des Sees war er nicht mehr aufzufinden." Der Kommissar ließ den Stift in seiner Hand kreisen, überlegte laut. „Was ist, wenn der Schlüssel gar nicht verschwunden war, sondern Reichel ihn behalten hat? Außerdem ist er ein guter Taucher und gehört zum Bergungskommando."

„Wenn er tatsächlich etwas mit dem Verschwinden der Frauen zu tun hat, dann ist Melissa in Gefahr ...", ereiferte sich Kai, während er dem davoneilenden Waller folgte.

„Nun steigen sie endlich ein", schnauzte Waller den zögernden Kai an.

Er fuhr sofort los, nachdem Kai im Fahrzeug Platz genommen hatte.

In Reichels Wohnung fanden sie bei ihrem Eintreffen nur einen umgestürzten Stuhl. Auf dem Boden zerstreute Papiere zeugten davon, dass hier etwas geschehen war.

„Das sind Pläne vom Turm", stellte Kai erstaunt fest, als er sie aufhob und auf den Tisch legte. „Was ist, wenn er Melissa etwas angetan hat? Was sollen wir jetzt machen?" Voller Unruhe lief er hinter dem Kommissar her, der sich in der Wohnung umsah und etwas zu suchen schien.

„Sein Taucheranzug ist weg", stellte Waller nach einem Blick in die angrenzende Garage fest. „Wir sollten uns beeilen." Unterwegs beauftragte er seine Sekretärin, Reichel über Funk zurückzurufen. Er würde wegen eines Notfalles gebraucht.

Zügig fuhren sie um den See und entdeckten das Polizeiauto des Inspektors vor einer kleinen, abgelegenen Hütte. Sie parkten an einem Platz in der Nähe. Von hier aus konnten sie alles beobachten, ohne selbst gesehen zu werden. Kurz darauf verließ Reichel die Hütte und fuhr mit eingeschalteter Sirene zurück in den Ort.

Sofort durchsuchten die beiden Männer die Hütte und fanden dahinter, auf dem Bootssteg, den Taucheranzug. In dem kleinen Ruderboot, das am Steg vertäut war, lag ein großer, fest verschnürter Sack. Darin fanden sie Melissa, geknebelt und gefesselt, doch zum Glück nur bewusstlos.

Reichel wurde umgehend festgenommen. Mit dem Schlüssel, den man bei ihm fand, konnte der Turm geöffnet werden. Den Polizisten bot sich ein erschütternder Anblick. Die Leichen der vermissten Frauen waren, wie Mehlsäcke übereinander gestapelt, im Turm verstaut. Die geheimnisvolle Gestalt, die Melissa unter Wasser gesehen hatte, war Reichel gewesen. Kai hatte aus seinem Versteck ebenfalls alles beobachtet.

Bei seiner Vernehmung bestritt Reichel immer wieder, etwas mit den Morden zu tun zu haben. Doch dann hielt er dem Druck der Beweise nicht mehr stand.

„Alle Frauen sind schlecht", sprudelte es aus ihm heraus. „Sie sind nicht besser als meine Mutter. Sie verschwand, als ich zehn Jahre alt war und hat mich bei meinem herzlosen Vater zurückgelassen. Sie wusste doch, dass er mich ständig verprügelte, auch ohne Grund. Trotzdem hat sie mich nicht mitgenommen. Und diese Frauen ...die suchten nur ein Abenteuer und wollten mich dann wieder alleine lassen."

Jetzt fing er an zu schreien. „Doch mich lässt niemand mehr allein, das bestimme jetzt ich." Atemlos hielt er inne, wischte sich den Schweiß von der Stirn.

„Aber warum ich? Ich habe ihnen doch nichts getan?" Melissa war erschüttert.

„Sie haben mich gesehen, als ich in den Turm tauchte, auch wenn sie dachten, der Taucher sei ihr Freund. Ich hätte es so aussehen lassen, als wäre ihr Freund der Mörder."

Entsetzt über den abgrundtiefen Hass, der ihnen entgegenschlug, verließen Kai und Melissa die Wache.

Nachdem der zugemauerte Zugang zur Turmspitze geöffnet worden war, fand man eine weitere Leiche, bei der es sich um Reichels Mutter handelte. Als Reichel davon erfuhr, erkannte er seinen Irrtum. Seine Mutter hatte ihn nicht verlassen, auch wenn sein Vater ihn das glauben ließ. Sein hartherziger Vater hatte sie umgebracht und versteckt. Erst jetzt wurde Reichel bewusst, was er getan hatte. Wimmernd brach er zusammen.

Er wurde in ein psychiatrisches Krankenhaus eingewiesen

Melissa war, genau wie Kai, erleichtert, dass alles gut ausgegangen war. Während der Heimreise blickte sie immer wieder verstohlen zu Kai, betrachtete seine Hände, die sicher das Steuer führten und genoss das wohltuende Gefühl der Geborgenheit. Kai würde auf sie aufpassen, darauf konnte sie sich verlassen.

Der Riss

Das weiß getünchte Einzelzimmer der Pension war gemütlich eingerichtet. Ein keiner Balkon mit Liegestuhl lud zum Ausruhen ein. Müde von der anstrengenden Reise legte ich mich aufs Bett, ließ meinen Blick über Wand und Decke wandern.

An einem Riss in der Decke, genau über meinem Kopf, blieb mein Blick hängen. Er zog sich von einer Zimmerwand zur anderen. Bedrohlich wirkte er nicht, dennoch löste er ein Frösteln in mir aus.

Wie lange mochte es den Riss schon geben? Kritisch betrachtete ich jedes Detail. Da! War der Riss noch nicht vollständig? Oder war die Stelle überstrichen? Dann fiel mir ein, dass die Pension an einem Hang lag. War der Riss durch Erdbewegungen entstanden? Mir wurde mulmig.

Damit ich nicht ständig die Decke anstarrte, beschloss ich, zum Abendessen zu gehen.

Angesichts der korpulenten Wirtin, die eine unerschütterliche Ruhe ausstrahlte, kam mein inneres Gleichgewicht wieder ins Lot. Wie ein Fels in der Brandung oder besser noch ein Wellenbrecher, schob sie sich zwischen den Tischen hindurch, jonglierte dabei mit den Tellern wie ein Zirkuskünstler.

„Gefällt ihnen das Zimmer?" Sie lächelte mir aufmunternd zu und nahm meine Bestellung auf. Ich hatte plötzlich das Gefühl, zu Hause zu sein und lehnte mich entspannt zurück. Frische Leber- und Blutwürste, dazu Speck mit Bratkartoffeln füllten nach und nach meinen leeren Magen. Bald waren die Gedanken an den Riss begraben unter einer satten Trägheit. Nach einem kurzen Gespräch mit der Wirtin zog ich mich in mein Zimmer zurück. Am nächsten Tag sollte es früh weiter gehen.

Erschöpft ließ ich mich auf das Bett fallen. Mein Blick fiel dabei wieder an die Zimmerdecke. Da war er - der Riss. Er schien mich höhnisch anzugrinsen. Bildete ich mir das nur ein? Wollte er mich warnen? Doch wovor? Jetzt sprach er sogar zu mir: „Ich bin immer noch hier und ich bleibe auch hier, du kannst dich darauf verlassen und ruhig schlafen. Es wird sich nichts ändern."

Irritiert drehte ich mich zur Seite. Schlief ich etwa schon oder wieso unterhielt ich mich mit einem Riss in der Zimmerdecke?

***

Mitten in der Nacht schreckte ich auf von einem lauten Knacken, dem ein prasselndes Geräusch folgte. Instinktiv ließ ich mich aus dem Bett fallen, konnte aber damit nicht verhindern, dass mich die einstürzende Zimmerdecke unter sich begrub.

Es war mir kaum möglich, mich zu bewegen. Kalt war es, staubig und stickig. Meine Kehle - wie ausgetrocknet. Ich räusperte mich und hustete. Mein Brustkorb schmerzte. Das beruhigte mich trotz der ausweglosen Lage. Ich lebte noch. Ob das ganze Haus eingestürzt war? Wie lange würde es dauern, bis mich jemand fand? Würde mich überhaupt jemand finden?

Bei diesem erschreckenden Gedanken fing mein Herz an, zu rasen, schneller und schneller, überschlug sich, fing sich, pochte immer lauter, so laut, dass ich sonst nichts mehr hörte.

Die Luft war voller Staub und das Atmen fiel mir immer schwerer. Würde ich ersticken, bevor mich jemand fand? In meinem Kopf herrschte ein heilloses Durcheinander. Es war mir unmöglich, einen klaren Gedanken zu fassen. Dazu kam dieses unerträgliche Pochen, unregelmäßig und laut, dass mir die Ohren nur so dröhnten. Oder war das gar nicht mein Herz?

Suchte man nach mir? Der Gedanke ließ mich nicht mehr los. Ich fing an zu schreien. Hysterisch kreischte ich um Hilfe, bis ich nur noch ein mühsames Krächzen aus meiner wunden Kehle pressen konnte. Entmutigt schloss ich die Augen. Das war es. Niemand würde mich hier finden.

Plötzlich spürte ich kräftige Hände auf meinen Schultern, die erbarmungslos an mir rüttelten. Ich öffnete die Augen, erkannte meine Wirtin, die sich über mich gebeugt hatte. Sie strahlte eine Ruhe aus, die durch nichts zu erschüttern war. Von der Decke grinste mich der Riss an, als wolle er die Worte meiner Gastgeberin unterstreichen. „Sie sollten abends nicht mehr so schwer essen, dann kriegen sie auch keine Alpträume.“

Mit der Bettdecke wischte ich mir den Schweiß von der Stirn. Dann sah ich mich ungläubig und verstört im Zimmer um. Hatte ich wirklich alles nur geträumt? Es war mir real vorgekommen. Noch immer tat mir der Brustkorb weh und meine Kehle war wie zugeschnürt.

Aufmunternd, fast mütterlich, forderte die Wirtin mich auf, ihr zu folgen. Ein Schnaps würde mir sicher gut tun, für die Verdauung und zum Einschlafen. Völlig benommen hangelte ich mich aus dem Bett, warf den Bademantel über, schlüpfte in die Pantoffeln und folgte ihr widerspruchslos. Als wir das Zimmer verlassen hatten, entglitt die Klinke meiner Hand und die Tür fiel mit lautem Krachen ins Schloss. Wie ein Echo wiederholte sich der Knall, als dahinter die Decke einstürzte.

Lisa wird zum Straßenkind

Markus und Micha, sieben und acht Jahre alt, spielten gerne mit ihren Freunden auf der Straße, Fußball und Fangen oder Verstecken in der Umgebung der Häuser. Damals, in den fünfziger Jahren war das noch möglich. An diesem Tag wollten sie mit ihren Freunden im nahegelegenen Wald auf Entdeckungsreise gehen.

Ihr Tatendrang wurde schnell gebremst, als sich ihre Mutter aus dem Fenster beugte und ihnen zurief: „Wo wollt ihr denn so eilig hin?"

„Rumlaufen und schauen", entgegnete Micha hastig, bevor sich sein kleiner Bruder verplappern konnte. Er wusste nur zu genau, dass sie im Wald nicht spielen sollten.

„Dann nehmt eure kleine Schwester mit, damit ich in Ruhe meine Hausarbeit erledigen kann."

Das war ein unbequemer Auftrag für die Jungen, durchkreuzte er doch ihre Pläne. Missmutig übernahmen sie von ihrer Mutter den Kinderwagen mit dem Baby und schoben lustlos davon.

„So was Blödes. Was machen wir jetzt?" Erwartungsvoll sah Markus seinen großen Bruder an. Dem fiel immer etwas ein.

Markus wurde auch dieses Mal nicht enttäuscht.

„Ich hab` s." Micha klang aufgeregt. „Wir gehen zur Straßenkreuzung im Wald und stellen den Kinderwagen in die Mitte. Da können wir ihn vom Waldrand aus sehen und trotzdem in Ruhe spielen."

Gesagt, getan! Die Jungs parkten den Kinderwagen in der Straßenmitte. Mittlerweile waren auch ihre Freunde eingetroffen. Zusammen starteten sie am Waldrand mit ihren Erkundungen.

Das war zur damaligen Zeit kein Problem, denn die Straßen der Arbeitersiedlung waren meist nur zum Schichtwechsel befahren. Es gab nur wenige Autos. Viele Arbeiter fuhren mit dem Rad oder Moped zur Arbeit. Einige gingen zu Fuß.

Wissbegierig untersuchten die Freunde alles, auch die Grashalme und drehten beinahe jeden Stein um. Außerdem fanden Ameisen, Käfer und Würmer gebührende Beachtung durch die neugierigen Kinder.

Egon entdeckte hinter einem Baum einen Pilz. „Schaut mal her", rief er aufgeregt. „Ist der giftig?"

Die Jungen drängten sich um den Pilz und betrachteten ihn mit ehrfürchtigem Abstand.

„In meinem Kinderbuch ist ein giftiger Pilz", meldete sich Markus zu Wort. „Der ist rot mit weißen Punkten. Der hier ist aber braun."

Holger lachte. „Du glaubst doch nicht, dass ein Giftpilz so aussieht wie in deinem Buch?" Dann sah er den Pilz von allen Seiten an und meinte: „Mein Opa sagt, dass man Pilze und Pflanzen, die man nicht kennt, stehen lassen soll. Dann kann man sich auch nicht vergiften."

„Kommt weiter!", forderte Micha seine Freunde auf. „Hier gibt es bestimmt noch mehr zu entdecken. Wenn wir leise sind, können wir vielleicht auch ein paar Tiere beobachten."

Die Kinder liefen weiter. Dabei schreckten sie ein Kaninchen auf, das eilig davonhoppelte. Dann erspähten sie in einem Baum ein Eichhörnchen. Fasziniert beobachteten sie, wie flink und geschickt sich das kleine Tier in den Ästen bewegte.

Bei ihrem Streifzug hatten sich die Freunde immer weiter von der Kreuzung entfernt. Inzwischen waren sie bei den ersten Häusern angekommen. Da Forschen hungrig macht, beschlossen sie, nach Hause zu gehen.

„Mama, wir sind wieder da." Mit dieser lautstarken Botschaft stürmten Markus und Micha zur Tür herein.

Zufrieden sahen sie, wie die Mutter gerade das Abendessen zubereitete. Es duftete nach ihrer Lieblingsspeise: Grießsuppe und Kartoffelpuffer.

„Wascht eure Hände und deckt schon mal den Tisch", forderte sie die Jungen auf, ohne sich dabei umzudrehen. „Wo habt ihr den Kinderwagen mit Lisa hingestellt?"

Markus und Micha blieben abrupt stehen und wurden kreidebleich. „Den haben wir vergessen", stotterten sie. „Der steht noch auf der Kreuzung."

„Was?" Erschrocken ließ die Mutter den Kochlöffel in die Suppe fallen.

Aber das sahen die Jungen nicht mehr. Sie rannten zur Tür hinaus, als ginge es um ihr Leben. „Vielleicht ist Lisa gar nicht mehr da", unkte Markus. „Sie ist sicher von Zigeunern mitgenommen und verkauft worden. Wir sehen sie nie wieder."

„Quatsch" schimpfte Micha. „Red nicht immer so einen Blödsinn. Ich kann den Kinderwagen schon sehen. Er steht noch da."

Der Schweiß tropfte ihnen von der Stirn, als sie endlich keuchend die Kreuzung erreichten. Markus schubste seinen Bruder. Ängstlich forderte er ihn auf: „Schau du nach, ob sie noch da ist. Ich trau mich nicht." Die letzten Worte waren nur noch ein Flüstern, kaum zu verstehen.

Micha zögerte, trat an den Kinderwagen heran und spähte vorsichtig hinein. Er wollte seine kleine Schwester nicht erschrecken und war sichtlich erleichtert, als er Lisa schlafend vorfand.

Glücklich machten sich die beiden mit dem Kinderwagen auf den Heimweg. Auf halber Strecke kam ihnen ihre besorgte Mutter entgegen.

„Das ist ja noch mal gutgegangen", versuchte sie, die Kinder zu beruhigen, die immer noch vor Aufregung zitterten.
„So etwas machen wir nie wieder. Ehrenwort", versprachen die Jungen zerknirscht.

„Naja." Die Mutter war skeptisch. „Das werden wir ja sehen."

Liebevoll betrachtete sie die schuldbewussten Mienen ihrer Söhne, nahm sie tröstend in den Arm. In Gedanken ergänzte sie schmunzelnd: *Das vielleicht nicht, aber sicher etwas anderes.*

Post aus der Vergangenheit

Als Nora das Paket öffnete, fand sie darin nur Hefte und einen Brief. Auf dem oberen Heft standen ihr Name und ihr Geburtsdatum. Auch auf allen anderen prangte ihr Name in großen Buchstaben: NORA MÜLLER.

Wer würde ihr ein solches Paket schicken? Dann erst fiel ihr auf, dass der Name gar nicht mehr stimmte. Seit ihrem sechsten Lebensjahr hieß sie Nora Wenger, da sie nach dem Tod ihrer Eltern von deren besten Freunden adoptiert worden war.

Zögernd legte sie das Paket zur Seite, griff nach dem Brief, um ihn gleich wieder in das Paket zurückzulegen. Vor zwei Wochen hatte sie ihren achtzehnten Geburtstag gefeiert. Sollte dieses Paket ein Geschenk sein? Aber warum zwei Wochen später und was bedeuteten die beschriebenen Hefte?

Nora schnappte sich das Paket und trug es kurz entschlossen zur Mülltonne. Sie zögerte. Würde sie es bereuen, wenn sie hineinsah? Bisher hatte sie nicht auf den Absender geachtet. Erstaunt stellte sie fest, dass es aus Australien kam. Das weckte ihre Neugier. Sie ging mit dem Paket zurück ins Haus, nahm den Brief wieder zur Hand und begann zu lesen:

„Liebe Nora,
als Erstes möchte ich dir von ganzem Herzen zu deinem achtzehnten Geburtstag gratulieren. Bitte lies den Brief zu Ende und leg ihn nicht gleich weg."

Nora ließ den Brief sinken. Ihre Hände zitterten. Sollte sie weiterlesen? Schließlich siegte die Neugier und sie las weiter.

„Ich habe ein schlechtes Gewissen, da ich, dein einziger Onkel, mich in den letzten Jahren nicht bei dir gemeldet habe. Vor Trauer habe ich ganz vergessen, dass du auch noch da warst. Daher hatte ich auch nichts dagegen einzuwenden, als Andrea und Rainer dich adoptierten und mit nach Deutschland nahmen.

Beim Abschied ist mir deine Traurigkeit und Verschlossenheit nicht entgangen. Doch was sollte ich tun? Ich war mit der Situation hoffnungslos überfordert.

Von Andrea und Rainer habe ich immer erfahren, wie es dir geht. Auch, dass du nichts über deine Eltern wissen willst und alle Erklärungen abblockst. Das ist auch der Grund, warum ich dir nie geschrieben habe.

Doch jetzt bist du erwachsen und zu deinem achtzehnten Geburtstag schicke ich dir die Tagebücher deiner Eltern, die sie ab dem Tag deiner Geburt geführt hatten. Sie wollten deinen Lebensweg festhalten und dir die Tagebücher an einem besonderen Tag schenken: an deinem achtzehnten Geburtstag. Diesen Wunsch möchte ich ihnen erfüllen, auch wenn sie nur die ersten fünf Jahre deines Lebens festhalten konnten.

Wenn du mir mein Verhalten verzeihen kannst, würde ich mich über einen Besuch von dir, Andrea und Rainer freuen. Bitte lass dir Zeit, übereile nichts und lehne nicht sofort ab.

Ich liebe dich über alles.

Dein Onkel Hans."

Nora legte den Brief vorsichtig, als hätte sie Angst ihn zu zerbrechen, auf den Wohnzimmertisch. Wie eine Statue saß sie da, den Blick in die Ferne gerichtet. Sie sah eine Farm, die vor Hitze flimmernde Luft über den Feldern und hörte Stimmen, Stimmen von fremden Menschen, die aufgeregt vom Unfall von Noras Eltern und Tante berichteten. Das Mädchen spürte erneut, wie Verzweiflung von ihm Besitz ergriff. Tränen liefen über seine Wangen, die es mit einer energischen Handbewegung wegwischte. Sie hatte damals nicht geweint, warum sollte sie es heute tun?

Hastig stand Nora auf, umkreiste den Tisch und das

darauf liegende Paket wie ein Geier seine Beute. Was sollte sie mit dem Geschenk anfangen? Wegwerfen? Das schien ihr die beste Lösung. Sie wollte nicht an die Vergangenheit erinnert werden.

Entschlossen nahm sie das Paket und lief zum zweiten Mal zur Mülltonne. Wieder öffnete sie den Deckel. Erneut zögerte sie. Wenn sie die Aufzeichnungen wegwarf, würde sie dann Ruhe finden?

Als Andrea und Rainer vom Einkaufen zurückkamen, fanden sie Nora schlafend im Wohnzimmer. Ihre Augen waren vom Weinen gerötet und verschwollen. Nora lag auf der Couch, eingerahmt von Heften mit ihrem Namen auf der Vorderseite.

Andrea saß neben ihr und hielt Noras Hand als sie aufwachte. „Habt ihr mich damals angelogen?", wollte Nora von ihrer Adoptivmutter wissen.

„Was meinst du damit?" Andrea war irritiert.

„Dass meine Eltern tot sind ...", erklärte Nora. „Das meine ich. Sie sind doch nur weggegangen, weil ..." Sie stockte. „... weil ich böse zu Mama war. Ich bin schuld, dass sie nicht mehr zurückgekommen sind."

Nora fing heftig an zu weinen. Wut, Trauer und

Enttäuschung über den vermeintlichen Verrat der Eltern suchten sich einen Weg, strömten mit ihren Tränen davon.

„Aber nein! Was denkst du nur?" Fassungslos nahm Andrea ihre unglückliche Tochter in die Arme. „Deine Eltern haben dich über alles geliebt. Sie hätten dich niemals allein gelassen." Sanft streichelte sie Noras Haar und drückte das schluchzende Mädchen an sich. „Sie sind bei einem Autounfall ums Leben gekommen. Genau wie deine Tante, die bei dem Ausflug dabei war. Das ist die Wahrheit."

„Und ich dachte immer, sie würden noch leben, wollten mich nicht mehr haben und ihr hättet mich angelogen."

Andrea war zutiefst erschüttert. „Das hast du geglaubt?" Jetzt konnte sie die Abneigung des Mädchens verstehen, etwas über ihre Eltern zu erfahren. Wie sehr musste Nora in all den Jahren gelitten haben.

„Ich habe die Tagebücher gelesen", nahm Nora das Gespräch wieder auf. „Ich glaube nicht mehr, dass meine Eltern mich nicht geliebt haben." Nora richtete sich auf. „Wir rufen Onkel Hans an und besuchen ihn." Sofort setzte sie ihren Einfall in die Tat um, sprang auf und stürmte mit der Unbekümmertheit der Jugend zum Telefon.

Ein neuer Anfang?

Nachdenklich beobachtet Ellen den Regen, der gegen die Scheiben ihres Wintergartens trommelt. Das Wetter spiegelt ihre Stimmung wieder, alles ist trist und grau.

Nach sechsundzwanzig Ehejahren steht sie vor einem Scherbenhaufen. Für ihren Mann Peter, einen erfolgreichen Immobilienmakler, und die beiden Kinder ist sie zu Hause geblieben. Erst vor ein paar Monaten sind die Kinder ausgezogen, leben nun ihr eigenes Leben. Das große Haus ist seitdem beängstigend leer und ruhig. Ellen hatte daher überlegt, wieder als Sekretärin zu arbeiten, doch so einfach war das nicht, nach dieser langen Auszeit.

Noch nicht ganz acht Wochen ist es her, da überraschte sie ihren Mann im Büro - in inniger Umarmung mit seiner Kollegin. Enttäuscht und wütend lief sie den ganzen Weg bis nach Hause. Dort angekommen packte sie umgehend seinen Koffer und stellte ihn vor die Tür. Sollte er doch sehen, wo er blieb.

Ihr Blick wandert durch das behaglich eingerichtete Wohnzimmer und bleibt an einem Foto hängen, das Peter vor siebenundzwanzig Jahren mit einem Selbstauslöser aufgenommen hat. Es zeigt sie beide bei einem romantischen Picknick. An diesem Tag machte er ihr einen Heiratsantrag. Seitdem ist kein Jahr vergangen, an dem sie das Picknick nicht wiederholt hätten. Dieses Jahr würde es zum ersten Mal kein Picknick geben. Aus und vorbei.

Vor drei Wochen rief Peter an und bat um ein Gespräch. Sie lehnte ab, wollte nicht mit ihm reden, noch nicht. Zwei Tage danach kam der Brief vom Anwalt mit der Scheidungsklage: ein Schlag ins Gesicht. Das war es also gewesen. So schnell waren all die gemeinsamen Jahre vergessen.

Ellen schluckt. In ihrem Hals steckt ein dicker Kloß und die Tränen laufen unaufhörlich ihre Wangen hinunter, als wolle sie mit dem Wetter einen Konkurrenzkampf austragen.

Regen ... Weinen ... Weinen ... Regen ...

Trotz all den Tränen fällt ihr Blick wieder auf das Foto und ein Lächeln huscht über ihr nasses Gesicht. Jedes einzelne Picknick hat sie genossen, sich dabei schon auf das nächste gefreut. Diese schönen Erinnerungen wird sie sich nicht nehmen lassen.

Entschlossen wischt sie die Tränen aus ihrem Gesicht. „So", sagt sie laut und trotzig. Und dann noch einmal: „So! Dann bin ich eben wieder Single und genieße mein Leben." Zur Bestätigung stampft sie mit dem Fuß auf den Boden, um sich Mut zu machen.

Im gleichen Moment wird sie durch das unerwartete schrille Klingeln des Telefons aus ihren Gedanken gerissen.

„Ja, bitte." Schroff und abweisend klingt ihre Stimme. Sie will jetzt nicht gestört werden.

„Ich bin's, Peter. Leg bitte nicht auf." Dann ist es still. Er wartet sicher auf eine Antwort.

Schweigend hält Ellen den Hörer in der Hand. Was soll sie auch sagen?

„Bist du noch da", tönt es nach einer Weile unsicher aus dem Hörer.

Das klingt so gar nicht nach ihrem selbstsicheren Ehemann. Ellen spürt, wie eine vage Hoffnung in ihr aufkeimt. Der abweisende Unterton in ihrer Stimme ist gewichen, als sie ihm entgegnet: „Ja, was willst du?"

„Darf ich dich nächste Woche zu unserem Picknick einladen?"

Ellens Herz pocht wild und ungestüm. Die vertraute Stimme klingt liebevoll, fast wie ein zärtliches Streicheln.

„Du darfst", erwidert sie, ohne zu zögern. Schnell legt sie auf, aus Angst, es sich doch noch anders zu überlegen.

Seine Worte hallen in ihr nach. Er hat „unser Picknick" gesagt. Ihr Herz schlägt einen Trommelwirbel nach dem anderen. Ellen versucht sich abzulenken, schaut aus dem Fenster.

Der Regen hat nachgelassen. Die Wolken teilen sich und ein paar Sonnenstrahlen verzaubern ihren Garten mit einem prächtigen Regenbogen. Wenn das kein gutes Zeichen ist!

Ein Blick auf das Foto bestärkt sie, gibt ihr Sicherheit. Sie wird kämpfen, um Peter, um ihre Ehe und um ihr Glück!

In Nachbars Garten

Eine Kleinstadt, ein Zweifamilienhaus und zwei Jungen im Alter von zehn Jahren. Das sind Jonas und Daniel, ein unzertrennliches Paar, immer zu Streichen aufgelegt.

Jonas bewohnt mit seiner Mutter den ersten Stock des Hauses. Wo sein blonder Wuschelkopf auftaucht, ist immer etwas los. Sein Freund Daniel ist das passende Gegenstück. Ruhig und besonnen bremst er den übermütigen und dabei unvorsichtigen Jonas bei ihren gemeinsamen Eskapaden immer wieder aus.

Heute, am ersten Ferientag, wollen sie auf den nahe gelegenen Spielplatz. Da ihnen der Weg um den Häuserblock zu weit ist, nehmen sie die Abkürzung durch Nachbars Garten, auch wenn sie dafür über Zäune klettern müssen.

Vorsichtig pirschen sie sich an den Gartenzaun heran. Niemand soll sie sehen. „Griesgram" - so haben sie den mürrischen Nachbarn getauft - droht ihnen immer mit seinem Gehstock, wenn sie die Abkürzung nehmen. In der Mitte des Gartens steht ein großer Apfelbaum mit verlockend duftenden Äpfeln.

Jonas ist mal wieder als Erster über den Zaun. Daniel folgt ihm unsicher. Er hasst klettern und Zäune, an denen man hängenbleiben kann.

Aufmerksam schaut sich Jonas um. „Pass auf, ob der

alte Griesgram kommt. Ich klettere auf den Baum und hole uns ein paar Äpfel", flüstert er Daniel zu.

Er hat noch nicht zu Ende gesprochen, als sie das Pochen des Gehstocks auf der Terrasse hören. Bevor der Alte die Jungen entdeckt, sind die beiden schon über den nächsten Zaun gestiegen und hinter den Büschen des Spielplatzes in Deckung gegangen.

„Das war knapp", japst Daniel, der gerne allen sportlichen Aktivitäten aus dem Weg geht. „So schnell bin ich noch nie über einen Zaun geklettert. Glaubst du", wendet er sich nachdenklich an Jonas, „er würde wirklich mit dem Stock nach uns schlagen?"

„Nein", antwortet Jonas sofort. „Der will uns doch nur Angst machen, damit wir seine Äpfel nicht stehlen und den Rasen nicht zertreten."

Damit ist das Thema für sie abgetan. Schließlich gibt es schönere Dinge, als sich über Griesgram Gedanken zu machen. Sie turnen auf der Rutsche herum, spielen Ball. Mit voller Wucht schießen sie ihn gegen das kleine Holzhaus am Rande des Spielplatzes. Das knallt so schön laut.

Abgekämpft vom Herumtoben legen sie nach einer Weile eine Pause ein. Gerade, als sie beratschlagen, was sie noch tun können, hören sie jemanden rufen.

„Komm doch runter. Ich tu dir nichts. Nun komm schon runter."

Mit einem Schlag ist die Müdigkeit verflogen und sie eilen zum Gartenzaun. Unter dem Apfelbaum steht Griesgram, fuchtelt mit seinem Stock in der Luft herum und ruft immer wieder: „Nun komm schon wieder runter. Ich tu dir doch nichts."

Ganz oben, auf einem dünnen Ast im Baum, entdecken die Kinder eine kleine getigerte Katze, die jämmerlich miaut.

„So bekommen sie die Katze nie runter", ruft Jonas dem alten Mann zu. „Die hat Angst vor ihrem Stock."

„Wer hat dich denn gefragt?", entgegnet der alte Mann unwirsch und wendet sich wieder der Katze zu.

Die Jungen beobachten noch einen Augenblick das Schauspiel, dann ergreift Jonas die Initiative. „Komm Daniel, wir helfen ihm."

Daniel zögert noch, während Jonas schnell über den Zaun steigt, am verdutzten Griesgram vorbeiläuft und flink den Apfelbaum hochklettert.

„Fall bloß nicht runter", hört er den alten Mann brummen.

Da ist Jonas bereits oben und hat die Katze eingefangen. Vorsichtig verstaut er das verängstigte Tier unter seiner

Jacke und hangelt sich geschickt von Ast zu Ast nach unten. Am Boden angelangt überreicht er das Tier dem staunenden Greis, dessen Gesicht sich mit einer Unzahl von Falten überzieht, als er lächelt.

„Danke."

Kurz, knapp und schroff klingt es.

Etwas Anderes hatte Jonas auch nicht erwartet.

Der alte Mann lächelt noch immer. Behutsam streichelt er das Kätzchen auf seinem Arm. „Dein Freund kann auch herkommen, und ..." Ein unterdrücktes Lachen hindert ihn am Weiterreden. „ ... er kann das Gartentor benutzen. Es ist immer offen." Jetzt lacht er schallend und zwinkert Jonas zu.

Der weiß zuerst nicht, was er von dem Heiterkeitsausbruch halten soll.

Zaghaft kommt Daniel durch das Gartentor. Wie ungewohnt! Als sich die Jungen ansehen, fangen sie auch an zu kichern. Sie denken an all die Kletterpartien, die ihnen erspart geblieben wären, hätten sie nur einmal den Versuch gemacht, das Tor zu öffnen.

Max, so heißt der alte Mann, erzählt ihnen, dass er eigentlich nichts dagegen hat, wenn sie durch seinen Garten laufen. Er ist nur manchmal schlecht gelaunt, da es ihn traurig und wütend macht, dass seine eigenen

Enkelkinder so weit weg wohnen. Er kann sie nur selten sehen.

„Dann ruf doch einfach an und sag ihnen, dass du sie vermisst", schlägt Daniel vor. Der alte Max tut ihm plötzlich leid.

„Das werde ich", stimmt der alte Mann überrascht zu. „Aber jetzt bekommt jeder noch ein paar Äpfel." Munter plaudert er weiter. „Ihr dürft auch jederzeit welche vom Baum pflücken, aber fallt mir nicht runter."

Jonas hört schon gar nicht mehr richtig zu. Er beißt bereits genüsslich in einen der saftigen Äpfel. Genießerisch schließt er dabei die Augen.

***

Am darauf folgenden Wochenende sehen Daniel und Jonas Kinder, die auf dem Nachbargrundstück spielen. Neugierig laufen sie zu „ihrem neuen Durchgang im Zaun", wo sie bereits vom alten Max erwartet werden.

„Seht nur! Meine Enkelkinder sind zu Besuch." Er strahlt so sehr, dass die Falten in seinem Gesicht zu tanzen beginnen. Überglücklich flüstert er Daniel zu: „Du hattest recht. Man muss nur miteinander reden."

Sackgasse

Die Sonne schickte ihre Strahlen vom wolkenlosen Herbsthimmel hinunter in das idyllische Bergdorf. Der richtige Anfang für einen Urlaub.

Wie bestellt, dachte Egon, als er zu seiner Wanderung aufbrach.

Das Ende würde anders ausfallen als geplant, doch das konnte Egon zu diesem Zeitpunkt noch nicht wissen.

Mit frischem Elan stiefelte er nach seinem herzhaften Frühstück los. Vom Hotel aus marschierte er in Richtung des kleinen Ortes Tiefenbach. Nachdem er die Häuser hinter sich gelassen hatte, verlief der Weg am Waldrand entlang. Der weiche Boden verschluckte das Geräusch seiner Schritte. Wie auf Flügeln bewegte er sich leicht und beschwingt durch das Tal.

Der erste Wanderurlaub seit seiner schweren Krankheit vor zwei Jahren. Ihm wurde warm, von den Sonnenstrahlen, vom schnellen Gehen und von einem Gefühl der Zufriedenheit, das er schon lange nicht mehr verspürt hatte. Daran änderten auch die Schatten der Bäume nichts, die ihm das Sonnenlicht streitig machen wollten.

Weiter und weiter führte ihn sein Weg, vorbei am Hinweisschild zu einer Höhle, die er bei seinem nächsten Spaziergang besichtigen würde. Jetzt hatte er andere

Pläne. Durch einen Felsdurchbruch grüßte das von Sonnenstrahlen hell erleuchtete Nachbartal.

Egon lief wie im Rausch. Endlich wieder ohne Schmerzen gehen zu können - ein unbeschreibliches Gefühl. Die sich stetig verändernde Landschaft tat ein Übriges. Satte, im Schatten der Bäume noch taubedeckte Wiesen, herbstlich gefärbte Laubbäume und der grandiose Anblick der Berge, ließen ihn erschauern.

Endlich erreichte er die Abzweigung nach Tiefenbach. Stolz stellte er fest, dass er den Bergrücken fast umrundet hatte. Skeptisch beäugte er die steil aufwärts führende Straße. Würde er diesen Anstieg bewältigen?

Warum nicht? Egon war zuversichtlich. Er hatte das Gefühl, alles erreichen zu können. Seit mehr als zwei Jahren war dies seine erste Wanderung. In seinem Tatendrang hatte Egon das jedoch verdrängt. Zügig und forsch begann er sofort mit dem Aufstieg.

Sein Herz klopfte mahnend in seiner Brust. Sein Atem ging immer rascher, bis er keuchend und nach Luft ringend stehen blieb. In seinen Ohren rauschte das Blut, als stünde er neben einem Wasserfall. Er zögerte. Sollte er wirklich weitergehen? Egon umklammerte die Gurte seines Rucksacks. So schnell wollte er nicht aufgeben. Er hatte sich etwas vorgenommen, was er unter allen Umständen zu Ende führen wollte. Erst dann, so dachte er, könne er auch alles andere wieder schaffen.

Das musste er sich selbst beweisen.

Langsam erkämpfte sich Egon den Weg nach oben, Schritt für Schritt, Pause um Pause, Atemzug um Atemzug. Bei jedem Halt musterte er kritisch den Weg, der sich in unzähligen Kurven den Berg hochschlängelte. Zweifel befielen ihn. Hatte er sich zuviel vorgenommen? Sollte er doch umkehren?

Trotz aller aufkeimenden Bedenken setzte Egon seinen Weg unverdrossen fort, immer einen Fuß vor den anderen. Nicht darüber nachdenken, wie steil es noch weiter geht, sagte er sich immer wieder. Dabei hielt er seinen Blick starr auf die nächste Wegbiegung gerichtet. Bald würde es die letzte sein, dann würde der Weg leicht abfallen und er hätte es geschafft.

So umrundete er Kurve um Kurve. Doch noch war der Anstieg nicht beendet. Längst hatte er keinen Blick mehr übrig für die wundervolle Herbstlandschaft und das herrliche Bergpanorama. Sein Umfeld reduzierte sich auf den Waldweg, dem er wie ein Roboter folgte, etappenweise, ohne einen weiteren Gedanken zu verschwenden.

Eine Wiese mit friedlich grasenden Kühen unterbrach die Dunkelheit des Waldes. Egon stoppte. Zum ersten Mal seit seinem endlos erscheinenden Aufstieg nahm er seine Umgebung wieder wahr. Erstaunt registrierte er, dass die Gipfel der umliegenden Berge auf gleicher Höhe zu liegen schienen. Auch wenn dies ein Trugschluss war, so gab der Anblick Egon neue Kraft.

Die Kühe auf der Bergwiese sahen satt und zufrieden aus. Die Glocken um ihren Hals bimmelten bei jeder Bewegung. Die stattlichen Tiere gaben Egon ein Gefühl der Geborgenheit. Nur ihr ständiges Kauen verwirrte ihn. Es schien ihm als wollten sie ihm etwas mitteilen. Eines der Tiere sah Egon mit seinem großen, braunen Augen an und zwinkerte ihm zu. Egon lachte. Wollte das Tier ihn ermuntern? War es eine Aufforderung umzukehren?

„Umkehren ist nicht", sagte er stur. „Ich bin schon so weit, da schaffe ich auch noch den Rest." Egon stutze, schüttelte verwundert den Kopf. „Ich rede mit einer Kuh. Das liegt bestimmt am Höhenrausch."

Der Weg wurde steiler. Egon stapfte unermüdlich weiter. Schweiß lief in Strömen seinen Rücken hinunter. Immer wieder wischte er seine nasse Stirn ab. Durst quälte ihn. Er hatte es in der Früh eilig gehabt und nichts zu trinken mitgenommen. Die Fußsohlen brannten, sein Rücken schmerzte und er humpelte. Wie lange er schon unterwegs war, wusste Egon nicht mehr. Mittlerweile hatte er jegliches Zeitgefühl verloren. Endlich, nach einer weiteren Biegung, schien es, als würde der Weg sich leicht neigen. War er gleich am Ziel? Diese Aussicht beflügelte ihn und er wanderte mit neu erwachter Energie weiter, dem enger werdenden Pfad folgend -

der sich schließlich im Geröll verlor.

Fassungslos betrachtete Egon die Bäume, die seine Sicht behinderten und das Geröll, das ihm den Weg versperrte. Gab es keinen Durchgang mehr? Müde und ausgelaugt sank er auf einen Felsbrocken. Regungslos, die Schultern gesenkt, verharrte er auf dem kalten Stein.

Ganz allmählich wich die Verzweiflung. Ärger über sein Versagen und Wut machten sich breit. „Nicht mit mir", schrie er unbeherrscht. Erschrocken lauschte er seiner Stimme, die ungehört in der Stille des Waldes verhallte. Nur das leise Rauschen der Blätter war noch zu vernehmen. Egon straffte sich, begann über das Geröll zu klettern, weiter und weiter, bis er sein Ziel erreicht hatte - eine Steilwand.

Tief unter ihm erstreckte sich das Tal, von wo aus er am Morgen aufgebrochen war. Seitlich versetzt lag die Klinik, in der er vor zwei Jahren behandelt worden war. Die Seitenflügel des großen Hauses wirkten wie ausgebreitete Arme, die ihn auffangen wollten. Erleichtert und glücklich sog Egon die frische Bergluft ein. Wie ein Energiequell durchströmte sie ihn. Die Aussicht auf die gegenüberliegenden Bergrücken erfüllte ihn mit Genugtuung. Die schneebedeckten Gipfel sahen aus, als hätte jemand blütenweiße Laken über ihnen ausgebreitet.

„Du musst den ganzen Weg wieder zurück", hämmerte

eine höhnische Stimme in seinem Kopf. Der bohrende Schmerz in seinem Rücken kehrte zurück. Wie eine nimmersatte Raupe kroch er durch seine Glieder, versuchte, seinen gesamten Körper einzunehmen.

„Dieses Mal gewinne ich." Siegessicher widersprach Egon der Stimme in seinem Innersten. Er fixierte die Gipfel der gegenüberliegenden Berge. Ein Lächeln verklärte sein Gesicht, als er mit weit ausgebreiteten Armen in die Tiefe sprang.

Die Strahlen der Sonne wärmten ihn, während der kühle Fallwind sein erhitztes Gesicht erfrischte. Beim Anblick des reinen unberührten Schnees auf den Gipfeln durchströmte ihn ein Glücksgefühl, das jeden Schmerz in seinem Körper schmelzen ließ.

***

Drei Stunden später erlöste ein Rettungstrupp Egon aus den Bäumen, in denen er mit seinem Fallschirm hängen geblieben war. Einer der Retter klopfte ihm beruhigend auf die Schultern, nachdem Egon überglücklich, aber erschöpft, wieder festen Boden unter den Füßen hatte.

Er bedankte sich bei den Männern und erntete schallendes Gelächter, als er kritisch kommentierte: „Es war ein wahnsinniges Gefühl, aber an der Landung muss ich noch arbeiten."

Am Abgrund

Anna stand auf der Brücke und sah in die Tiefe. Sie fröstelte. Eisige Kälte stieg aus der Schlucht zu ihr herauf.

Der Hauch des Todes, schoss es Anna durch den Kopf. Sie ließ ihren Blick an den steilen Felsen entlanggleiten bis zum Bach, der sich schäumend und sprudelnd seinen Weg durch die düstere Schlucht bahnte.

Annas Wangen waren nass vom Nieselregen, ihre Tränen waren versiegt. Sie hatte die ganze Nacht geweint, erst aus Wut, dann aus Verzweiflung und zum Schluss aus maßloser Enttäuschung. Sie fühlte sich ausgebrannt, eine leere Hülle, wertlos, benutzt und weggeworfen - betrogen. Ihr Freund mit ihrer besten Freundin. Wem konnte sie jetzt noch vertrauen? Es tat nicht einmal mehr weh. Nur leer und dunkel war alles, und sinnlos.

Anna blickte in die Schlucht, wieder fröstelte sie. Nur weit vorbeugen und das Geländer loslassen, dann hätte sie Ruhe. Keine bohrenden Gedanken mehr, die sich im Kreis drehten. Keine Enttäuschung, keine Verzweiflung, keine untreuen Freunde, nur noch Ruhe. Es war eigentlich ganz einfach.

Ihre Hände umklammerten das Geländer, bis die Fingerknöchel weiß hervortraten.

Langsam beugte sie sich nach vorn.

„Finden sie den Anblick auch so überwältigend?"

Anna erschrak und fuhr zurück. Ein junger Mann stand neben ihr und lächelte sie freundlich an. Was machte er hier? Sie fühlte, wie Wut sich in ihr ausbreitete wie ein ansteigender Flusspegel. Er sollte verschwinden. Sie brauchte keine Gesellschaft. Jetzt nicht! Nie mehr! „Schaurig schön", entfuhr es ihr ungewollt.

Stefan sah die junge Frau erstaunt an. Sie schien es nicht einmal zu bemerken. Ihre Lippen waren zu einem schmalen Strich zusammengepresst, die Augenlider zuckten nervös und ihre Hände hielten das Geländer umklammert, als wollten sie es zerquetschen.

Was hatte sie nur? Wollte sie etwa …? Nein. So etwas durfte er nicht denken. Sie wollte wohl nur allein sein. Was aber, wenn sie doch …? Das durfte nicht sein.

Unschlüssig blieb Stefan stehen, starrte ebenfalls in die zerklüftete Schlucht. „Was so ein bisschen Wasser in Jahrtausenden leisten kann. Unvorstellbar! Wenn man es nicht mit eigenen Augen sehen würde."

Seine melodische Stimme schien die Starre der jungen Frau zu durchbrechen. Sie lockerte den Würgegriff am Geländer und sah ihn irritiert an.

Erfreut über ihre Reaktion plauderte Stefan munter

weiter, ohne sie dabei direkt anzusehen. „Hast du dir schon einmal vorgestellt, dass hier vor Tausenden von Jahren nur ein kleiner Bach durch eine Wiese geflossen ist?" Als sie den Kopf schüttelte, redete er schnell weiter. „Versuch es einmal. Bitte!"

***

Na gut, dachte Anna resigniert. Vielleicht geht er dann endlich. Sie schloss die Augen und ließ sich von seiner Stimme entführen. Tausende von Jahren zurück, auf eine Almwiese mit einem plätschernden Bächlein.

Fasziniert lauschte sie Stefans Erklärungen. Vor ihrem geistigen Auge schwoll der Bach bei jedem Regenguss an, nahm Grasbüschel und Erde mit, bis er den darunterliegenden Fels freigespült hatte, der aus unterschiedlichen Gesteinsschichten bestand. Der Bach hatte sich im Laufe der Jahrhunderte immer tiefer in den Boden gegraben. Windungen und Buchten waren entstanden. Das Wasser hatte Äste, Erde und Steine mitgenommen, die den Abfluss behinderten. Es hatte sich gestaut. Der Druck auf die Felsen war gestiegen, einzelne Stücke waren gebrochen und im Laufe der Zeit zermalmt worden.

Anna öffnete ihre Augen, betrachtete die Schlucht mit neu erwachtem Interesse. Sie versuchte, zu erahnen, mit welcher Wucht das Wasser sich seinen Weg durch den Felsen gebahnt hatte.

Wie mochte es hier in weiteren tausend Jahren aussehen?

„Der Fels hat es dem Wasser nicht leicht gemacht." Stefan redete unermüdlich weiter. „Doch es gibt nicht auf. Es bohrt und gräbt, bis es einen neuen Weg gefunden hat. Es kämpft sich von Hindernis zu Hindernis und lässt sich durch nichts aufhalten." Erschöpft machte er eine Pause, warf einen kurzen Blick auf das schweigende Mädchen an seiner Seite. Was er sah, schien ihn zu beruhigen.

Annas Hände lagen locker auf dem Geländer, sie lächelte, ihr Gesichtsausdruck entspannte sich immer mehr.

„Kannst du mich jetzt bitte allein lassen?", flüsterte sie.

Der junge Mann schien verunsichert, dann gab er nach. Auf einer kleinen Anhöhe blieb er stehen und schaute zurück.

Anna stand noch immer auf der Brücke und sah in das tosende Wasser. Erstaunt stellte sie fest, dass sich etwas verändert hatte. War es die Schlucht? Oder war es in ihr selbst? Bedächtig löste sie die Kette an ihrem Hals, ein Geschenk ihres untreuen Freundes. Sie legte die Kette um ihr Handgelenk, hielt ihren Arm ausgestreckt über den Abgrund.

Langsam wie in Zeitlupe senkte sie den Arm und sah zu, wie die Kette abrutschte und in der unergründlichen Tiefe verschwand.

Es hatte aufgehört zu regnen. Die ersten Sonnenstrahlen durchbrachen die Wolken und ließen die aufspritzende Gischt in den schönsten Regenbogenfarben erstrahlen.

Anna atmete auf. Sie fühlte sich leicht und beschwingt, von einer Last befreit. Sie würde kämpfen - wie das Wasser. Sollten die Hindernisse des Lebens sich ihr doch entgegenstellen. Sie würde den richtigen Weg suchen, so lange, bis sie ihn gefunden hatte.

***

Stefan stand noch immer auf der Anhöhe und war erleichtert, als die junge Frau sich winkend verabschiedete und ins Tal lief. Während er seinen Weg zur Almhütte fortsetzte, dachte er an sie. Ob er jemals erfahren würde, was die Fremde auf der Brücke vorhatte?

Das Nebelmädchen

Schon als Junge war Leo mit seinen Eltern in die Berge in Urlaub gefahren. In den letzten zehn Jahren unternahm er seine Wanderungen meist alleine, so konnte er seine Touren nach Lust und Laune einteilen. Er liebte die Natur. Die reine Bergluft erfüllte ihn immer von Neuem mit ungeahnter Energie. Abends traf er sich im Gasthof mit anderen Wanderern. Sie erzählten von ihren Touren und Abenteuern, manchmal auch Geschichten von Hexen und Nebelmädchen.

Auch heute war er seit Stunden allein unterwegs. Von seinem Rastplatz hatte er einen atemberaubenden Ausblick auf die Bergkette, die das herbstlich gekleidete Tal liebevoll umarmte.

Gestärkt und zufrieden verstaute er die Reste seiner Brotzeit im Rucksack, begann beschwingt den Abstieg. Nichts deutete auf einen Wetterumschwung hin. Er hatte den Waldrand gerade erreicht, als der aufsteigende Nebel sich unaufhaltsam ausbreitete und alles um ihn herum verschlang. Wie blind tastete sich Leo vorsichtig weiter. Der steinige Boden wurde weicher, Grasbüschel streiften seine Beine. Er blieb stehen, als er über einen Felsbrocken stolperte. Seine Umgebung konnte er nicht mehr wahrnehmen, nicht mehr abschätzen, wo er sich befand.

Undurchdringlicher Nebel umgab ihn wie ein riesiger

Wattebausch, ließ alles fremd und unwirklich erscheinen.

„Ruhe bewahren und abwarten", befahl er sich mit lauter Stimme. Hatte er das gesagt? Seine Stimme klang eigenartig hohl. Ein Schauer nach dem anderen jagte durch seinen Körper. Mit zitternden Händen hielt er seinen Trinkbecher, nahm einen Schluck warmen Tee. Ihm fielen die Märchen ein, die sie abends in der Gaststube erzählten, von Nebelmädchen, die den Wanderer in die Irre lockten, bis er vom Weg abkam und abstürzte.

„Mach dich nicht selbst verrückt", versuchte er sich zu beruhigen. „So etwas gibt es nicht. Das sind alles Hirngespinste."

Da, was war das? Leo starrte in den Nebel und lauschte angestrengt. Plötzlich sprang er wie elektrisiert auf, fuchtelte mit den Armen und schrie: „Hierher, Hilfe, hier bin ich."

Doch nichts rührte sich. Auf einmal glaubte er eine Gestalt zu erkennen. Sie verschwand, tauchte wieder auf, verschwand erneut. Hatte er sich geirrt? Hatte er Halluzinationen?

Das war doch eindeutig ein Gesicht, ein lächelndes Kindergesicht, umgeben von langen, wallenden Haaren. Leo schloss die Augen, öffnete sie vorsichtig einen Spalt, schloss sie wieder.

Er kniff sich in den Arm, bis es schmerzte. Das Gesicht war immer noch da.

„Komm mit", flüsterte ihm eine zarte Kinderstimme zu. „Komm, ich helfe dir."

Aber Leo schüttelte nur ungläubig den Kopf. Das konnte nicht sein.

„Komm nur. Ich helfe dir." Das Kindergesicht war jetzt ganz nah.

Leo hätte es berühren können, doch er traute sich nicht. Er starrte unentwegt in das lächelnde Gesicht. Die Haare des Kindes schienen zu wachsen, wurden länger und länger, verschmolzen mit dem Nebel zu einer Einheit. Sie umhüllten Leos Körper, hoben ihn hoch und ließen ihn Minuten später wieder zu Boden gleiten. Unter seinen Schuhen knirschte es.

Der Weg! Ich bin wieder auf dem Weg, schoss es Leo durch den Kopf. Er konnte es kaum glauben, tastete sich vorsichtig bergab.

Auf einmal erschien das Kindergesicht wieder. Weit aufgerissene Augen und heftig fuchtelnde Hände schienen, ihn aufhalten zu wollen. „Das ist die falsche Richtung", rief ihm das Kind warnend zu.

Geh weiter! Ins Tal geht es bergab. Die andere Richtung führt dich ins Verderben, riet ihm seine innere Stimme.

Verunsichert blieb Leo stehen. Sollte er dem Nebelmädchen glauben? Was war, wenn die Erzählungen über fehlgeleitete Wanderer stimmten? Sollte er trotz der Warnung weitergehen oder besser der inneren Stimme folgen?

Er zögerte, drehte sich dann entschlossen um und ging langsam bergauf, immer mit einem Fuß den Wegrand abtastend.

Erneut stoppte ihn das Nebelmädchen, forderte ihn auf, ihre Haare um seinen Körper zu wickeln, sich daran festzuhalten. Eindringlich beschwor sie ihn, auf gar keinen Fall loszulassen.

Leo hatte das Gefühl, sich selbst zu beobachten. Alles war fremd und unwirklich. Ohne weiter nachzudenken griff er in den Nebel, spürte die seidenweichen Haare durch seine Finger gleiten. Willenlos wie eine Marionette führte er die Anweisungen des Mädchens aus. Er hatte es aufgegeben, zu fragen und nach Erklärungen zu suchen.

Der Boden schien, sich aufzulösen, Leo schwebte immer weiter nach oben, bis er die Nebeldecke durchbrach. Die Bergrücken warfen ihre langen Schatten auf eine riesige Nebelfläche. Ein Nebelsee, dachte Leo. Er sah sich als Boot, das durch diesen See gezogen wird. Am Ufer tauchten einzelne Baumkronen aus dem Dunst auf und eine schroffe Felswand rückte bedrohlich näher.

„Nicht loslassen, bis ich es sage“, hörte er verwundert die Stimme einer jungen Frau. „Schließ deine Augen und verlass dich auf dein Gefühl.“

Leo gehorchte willenlos. Noch schwebte er, dann streiften seine Füße über Steine. Er versuchte zu laufen, stolperte, fing sich wieder, stakste unsicher weiter.

„Bleib stehen, du kannst die Augen öffnen und loslassen.“

Die Haare lösten sich von seinem Körper. Über Leo befand sich ein Felsvorsprung. Er entdeckte eine Felsnische, in der er die Nacht verbringen konnte. Unter seinen Füßen wallte der Nebel und die Berge glühten im Schein der untergehenden Sonne. Sein Herz schlug ein Stakkato, das dem Trommeln der Hufe fliehender Herden gleichkam. Im Nebel sah er eine junge Frau, deren Erscheinung langsam verschwand. „Halt, warte. Was ist mit dir geschehen? Eben warst du doch noch ein Kind?“

„Du hast mir geglaubt und von mir Hilfe angenommen“, hörte er ihre glockenhelle Stimme. „Dadurch bin ich erwachsen geworden. Wir Nebelkinder helfen immer, doch die meisten Menschen haben Angst. Entweder sie laufen davon oder sie glauben uns nicht und schlagen deshalb den falschen Weg ein.“

Leo kroch in die Felsnische und wickelte sich in seine Decke. In der Nacht würde es kalt werden. Hier fühlte er sich geborgen und schlief bald vor Erschöpfung ein.

Als er erwachte, war der Nebel verschwunden. Leo erblickte den Berg, den er am Tag zuvor bestiegen hatte an der gegenüberliegenden Talseite. Hatte er doch nicht geträumt? Hatte das Nebelmädchen ihn gerettet? Wie kam er hierher? Er grübelte lange, fand aber keine Erklärung.

Am Abend staunten die anderen Wanderer über seine fantastische Erzählung, doch keiner glaubte ihm.

Ein Gast bemerkte amüsiert: „Da hast du dir aber eine schöne Geschichte ausgedacht. Du hättest doch ruhig zugeben können, dass du dich verlaufen hast."

Gekränkt nippte Leo an seiner Saftschorle und schwieg.

Erst die Worte eines Kellners versöhnten ihn wieder. Der Mann hatte ihm zugeflüstert: „Mir hat auch keiner geglaubt."

Wink des Schicksals

Hannes hat mich bereits die Hälfte meines Lebens begleitet. Das sind immerhin sieben Jahre. Denn ich bin vierzehn, gehe noch zur Schule. Hannes Diehse ist unser Busfahrer. Auf ihn ist immer Verlass. Wenn die Kirchturmuhr um halb acht zwei Mal schlägt, kommt der Bus um die Ecke. Immer, auch heute.

Der Bus hält, die Türen springen auf und Hannes achtet darauf, dass es beim Einsteigen kein Gedränge gibt. Endlich hat jeder seinen Platz gefunden. Der Bus fährt an.

Von meinem Platz in der ersten Reihe kann ich Hannes beobachten, wie er mit ruhigen Händen den Bus durch den Berufsverkehr lenkt. Er wird uns sicher zur Schule bringen. Dabei habe ich heute so gar keine Lust auf Schule. Am liebsten würde ich schwänzen. Da das nicht geht, unterhalte ich mich mit meiner Sitznachbarin, die mich die Matheaufgaben abschreiben lässt.

Jetzt kommt die Baustelle. Seit drei Tagen ist die Straße halbseitig gesperrt. Trotz Ampel schafft Hannes es immer, rechtzeitig an der Schule zu sein. Doch heute ist etwas anders. Die Straße ist dicht, komplett gesperrt. Hannes muss die Umleitung nehmen. Er zögert, scheint nur widerwillig der Beschilderung zu folgen.

Mal biegt er rechts und mal biegt er links ab. Erstaunt

erkenne ich, dass Hannes nervös ist. Immer wieder fährt er sich mit seiner Hand durch die Haare. Das macht er sonst nicht. Wenn er das Lenkrad dazu loslässt, zittern seine Hände.

Besorgt beuge ich mich vor: „Kann ich … helfen?"

Doch Hannes raunzt mich unfreundlich an. „Still. Keine Zeit. Ich muss höllisch aufpassen." Er dreht sich kurz zu mir um. Sein Kopf ist hochrot. Das nächste Umleitungsschild bleibt unbeachtet. Er hat es nicht gesehen und fährt immer weiter.

Sollte ich ihn darauf hinweisen? Bei dem Anpfiff eben? Lieber nicht.

Die nächsten Hinweisschilder zur Schule ignoriert Hannes. Was ist nur los mit ihm? Der Gedanke war noch nicht zu Ende gedacht, als Hannes im dichten Verkehr die falsche Spur nimmt und samt Schulbus auf der Autobahn landet. Schweiß tropft von seiner Stirn, seine Hände zittern immer stärker, während er den Bus über die Fahrbahn lenkt.

Mir wird mulmig, überall kribbelt es, als wäre eine Armee von Ameisen auf mir unterwegs. Was ist nur mit Hannes los? Ist er krank? Er wird doch hoffentlich nicht ohnmächtig? Was soll ich nur machen?

Da, ich kann aufatmen, Hannes manövriert den Bus auf

einen Parkplatz. Direkt hinter einem Streifenwagen bleibt er stehen und bittet die Beamten ihn durch den Verkehr zu begleiten, da er sich nicht wohlfühle.

Ein Blick auf den nervösen, schwitzenden Fahrer genügt. Bis zur Schule haben wir eine Polizeieskorte. Die Schulkinder jubeln, das hatten sie noch nie. So kommen wir doch noch sicher in die Schule. Zum ersten Mal seit sieben Jahren mit Verspätung.

Hannes bedankt sich bei den Polizisten, verspricht, umgehend einen Arzt aufzusuchen. Sein Zustand hat sich gebessert und die Polizisten geben sich mit der Erklärung zufrieden.

Mir ist bereits während der „Lotsenfahrt" aufgefallen, wie schnell sich Hannes wieder beruhigte. Einfach unerklärlich.

An der Eingangstür zur Schule kehre ich noch mal um.

„Ich habe meine Jacke im Bus liegen gelassen", rufe ich dem erstaunten Hausmeister zu.

Doch das ist nicht der Grund. Ich will noch einmal nach Hannes sehen. Er soll mir sagen, was mit ihm los ist.

Schon beim Einsteigen höre ich ihn schluchzen. Seine Schultern zucken und er liegt zusammengesunken über dem Lenkrad. Ist er doch ernsthaft krank?

Zaghaft berühre ich seinen Arm. Hannes erschrickt, richtet sich auf, wischt sich verstohlen über sein tränennasses Gesicht. Sein Blick geht durch mich hindurch, als wäre ich aus Glas. Auf einmal packt er mich an den Armen, hält mich fest.

Was er jetzt sagt, kommt überraschend: „Du musst mir versprechen, immer zur Schule zu gehen und zu lernen." Eindringlich, fast beschwörend klingt er. „Du musst die Schule beenden, Lina. Versprich es mir."

Erst als ich mechanisch nicke, lässt er mich los. Er bemerkt meine Verwirrung und fährt fort. „Ich habe mich in meinem Leben mit sehr viel Glück überall durchgemogelt, in der Schule, bei Prüfungen, einfach überall."

Ich verstehe nicht, was er mir sagen will. Sein Gesicht wird schon wieder rot. Ich will nur noch weg. Sein Blick hält mich gefangen. Ununterbrochen redet er weiter.

„Ich schäme mich", schließt er seine Beichte. Wovon er redet, habe ich allerdings immer noch nicht begriffen.

Hannes hat wohl meine Verblüffung richtig gedeutet. Er ist jetzt ruhiger. „Ich rede und rede. Das Wichtigste habe ich dabei vergessen." Er macht eine Pause, sein Körper strafft sich. Hannes scheint, einen Entschluss gefasst zu haben. Er lächelt. Auch ich entspanne mich, lausche erstaunt den weiteren Erklärungen.

„Das war ein Wink des Schicksals. Ich darf so nicht mehr weitermachen. Ich kenne die Verkehrsschilder alle. Aber ..." Beschämt senkt er seine Stimme. „Ich habe mich nur verfahren, weil ich die Aufschrift der Hinweisschilder nicht lesen kann." Er holt tief Luft: „Das werde ich jetzt ändern. Ich gehe wieder in die Schule und lerne lesen."

Noch ganz benommen von diesem Geständnis gehe ich in die Schule. Eines ist für mich ganz klar. Ich werde jetzt lernen, nicht später, wie Hannes. Er hat heute großes Glück gehabt, er und wir auch. Davon bin ich überzeugt.

Die verschwundene Fahrkarte

Montag, 7.25 Uhr. Bahnsteig 1. Drängeln, stoßen, schreien, gestikulieren. Fasziniert beobachtet Willi Kleinschmidt die Menschenmasse auf dem Kleinstadt-bahnhof, die hin und her wogt, wie von einer unsichtbaren Hand geschoben. Zwischendurch fällt sein Blick immer wieder auf die Bahnhofsuhr. Er fährt nicht oft mit der Bahn und hat Angst, zu spät zur Arbeit zu kommen. Diese Woche hat er für einen Kollegen die Urlaubsvertretung in der Beratungsstelle der Nachbar-gemeinde übernommen. Er ist noch nie zu spät gekommen und das will er schon gar nicht dann, wenn er jemanden vertritt.

Auf Gleis eins wartet bereits der Gegenzug. Die Türen der Waggons springen fast gleichzeitig auf. Die Wartenden schieben und zwängen sich hinein. Ein großer Teil der wogenden Menge kommt vor der Absperrung zu Gleis zwei zum Stehen. Es ist noch kein Zug in Sicht. Der hagere Mann im dunkelblauen Anzug blickt immer wieder in die Richtung, aus welcher der Zug erwartet wird. Seine Aktentasche wandert von einer Hand in die andere und zurück.

Endlich, die Kette wird abgenommen. Die Fahrgäste stürmen den Bahnsteig und den gerade eingefahrenen Zug. Willi schwenkt seine Fahrkarte wie eine Trophäe über seinem Kopf, steigt als Letzter ein. Trotz dieser

Vorsichtsmaßnahme wird er von einem zu spät kommenden Punker angerempelt, verliert das Gleichgewicht, stolpert ins Abteil. Im letzten Moment kann er sich an einer Eisenstange im Fahrgastraum festhalten. Der rücksichtslose Drängler hat in der Zwischenzeit den letzten freien Platz besetzt.

Willi schluckt eine wütende Bemerkung hinunter. Er hasst Aufsehen. Das würde es aber geben, wenn er sich mit dem Punker anlegt.

Da springt der ungehobelte Kerl auf, grinst Willi an: „Nimm Platz, Alter. Ich kann besser stehen als du."

„Danke", presst Willi zwischen den Zähnen hervor. Er breitet ein sauberes Taschentuch aus, ignoriert den spöttischen Blick des Punkers. Langsam lässt er sich auf den Sitz sinken.

Es ist warm im Zug, warm und stickig. Die Klimaanlage scheint nicht zu funktionieren. Ein unangenehmer Duftmix aus Schweiß, Parfüm und Knoblauchdüften durchzieht das Abteil. Willi versucht, sich abzulenken, betrachtet die vorbeihuschende Landschaft. Die Wärme, der surrende Klang der Räder zwingen Willi ein Nickerchen auf.

„Sieh mal, Marie." Kathi rempelt ihre Freundin unsanft an. „Bei dieser Hitze im Anzug." Missbilligend schüttelt sie den Kopf.

„Das ist Herr Kleinschmidt, der läuft immer so herum." Marie, eine füllige Rentnerin, stammt aus der gleichen Gemeinde wie Willi. „Er ist fünfzehn Jahre jünger als ich, immer noch Junggeselle und lebt immer noch bei seiner Mutter." Ihre heruntergezogenen Mundwinkel zeigen deutlich, was sie davon hält. Sie senkt ihre Stimme, tuschelt Kathi ins Ohr: „Der ist so korrekt, für den stehen bestimmt sogar die Stifte auf seinem Schreibtisch in Reih und Glied." Ihre Hand bewegt sich dabei wie ein Scheibenwischer.

„Der schläft aber fest." Kathi blinzelt Marie zu, grinst dabei. „Wetten, er verpasst die Haltestelle?"

Marie schüttelt den Kopf. „Der doch nicht. So weit ich mich erinnere, war er in seinem ganzen Leben nicht einmal unpünktlich. Außerdem wird er gerade vom Schaffner geweckt."

„Das hätte ich nicht gedacht, dass ausgerechnet Sie ..." Der vorwurfsvolle Ton des Beamten lässt die Fahrgäste aufhorchen.

Wie auf ein geheimes Kommando fahren alle Köpfe herum, starren in Willis Richtung.

Besorgt beobachtet der Schaffner, wie das Gesicht des seriös wirkenden Herrn vor ihm eine dunkle Farbe annimmt, die allmählich einem ungesunden Violett gleicht. Hoffentlich fällt er jetzt nicht um, denkt er dabei.

Abwartend bleibt er stehen. Dann streicht er ungerührt die Strafe ein, übergibt die Quittung und setzt seine Fahrscheinkontrolle fort.

Willi sieht sich unsicher um. Die anderen Fahrgäste haben sich schon wieder abgewandt, tippen in ihre Handys oder dösen vor sich hin. Fieberhaft überlegt er. Beim Stolpern ist ihm die Fahrkarte wohl aus der Hand gefallen. Er hat es nicht bemerkt. Das hätte er dem Schaffner sagen können. Mit Sicherheit wäre es als Ausrede zur Kenntnis genommen worden, hätte noch mehr Aufsehen verursacht und gar nichts genützt.

Im Gegensatz zu Willi genießen die beiden Rentnerinnen das Schauspiel. „Hast du gesehen, wie er nach Luft geschnappt hat? Wie ein Fisch auf dem Trockenen." Marie kichert schadenfroh. „Ich dachte ihn trifft gleich der Schlag. Der sonst so korrekte Herr Kleinschmidt als Schwarzfahrer, das glaubt uns keiner ..."

„Ist eben auch nur ein Mensch." Kathi fällt ihrer Freundin ins Wort. „Scheint ihm ja sehr peinlich zu sein. Er betrachtet seitdem nur noch seine Schuhe." Damit ist die Angelegenheit für Kathi beendet.

Nicht so für Willi Kleinschmidt. Die Bahnfahrt dehnt sich endlos. Durch einen Ruck wird er aus seinen Gedanken gerissen, springt hastig auf und zwängt sich nach draußen. Dieses Mal ist er der Drängler.

Auf dem Bahnsteig wird er langsamer, schleicht wie ein Dieb herum, bis der letzte Fahrgast verschwunden ist. Es war niemand dabei, den er kannte.

Ein kräftiger Schlag auf seine Schultern lässt Willi zusammenzucken. Eingeschüchtert dreht er sich um.

„Eh, Alter, Respekt. Hätte ich dir gar nicht zugetraut."

Der Punker mit der Irokesenfrisur zwinkert ihm anerkennend zu. Bevor Willi etwas erwidern oder richtigstellen kann, ist der junge Mann im Gedränge der neu ankommenden Fahrgäste untergetaucht.

Die „Anerkennung" tut Willi gut. Die Scham über seinen Fehler weicht ganz allmählich einem Gefühl von Stolz. Seine gebückte Haltung strafft sich. Er lächelt, strebt mit hocherhobenem Kopf dem Ausgang zu. Sein Blick huscht über die Bahnhofsuhr. Schlagartig verschwindet seine neu gewonnene Selbstsicherheit und macht seinen ständigen Ängsten wieder Platz.

Er wird zu spät kommen, das erste Mal in seinem Leben. Willi zögert, fasst einen Entschluss. Er packt seinen Aktenkoffer noch fester und, entgegen seiner sonstigen Gewohnheit, rennt er los.

Lieber verschwitzt, als zu spät. Diese Blöße wird er sich nicht auch noch geben.

Urlaub

Ihre erste Reise in die Dominikanische Republik - Annika freute sich auf den Urlaub mit ihrem Freund Ala, auf seine Eltern, auf all das Neue, was sie erwartete. Suchend lief sie im Flughafen hin und her. Ihre Ungeduld wuchs. Ala war nirgends zu sehen. Immer wieder starrte sie auf die Anzeigentafel, lief zum Flugschalter. Ihr Freund tauchte nicht auf.

Ein letzter Aufruf zum Einchecken. Annika lief zum Schalter. Minuten später stand sie wieder in der Halle, verwirrt, geschockt. Ala hatte längst eingecheckt. Für sie war kein Flug gebucht. Alle Versuche, ihn auf dem Handy zu erreichen, schlugen fehl. Da surrte ihr Handy, eine SMS von Ala: *Entschuldigung*. Das war alles.

Annika war verletzt und ratlos. Alle Flüge waren ausgebucht. Was sollte sie tun? Blind vor Tränen ergriff sie ihren Koffer, stolperte durch die Abflughalle zum Bus, holte ihr Auto vom Dauerparkplatz und fuhr nach Hause.

Dort parkte sie in der Tiefgarage, fuhr mit dem Lift in den dritten Stock und warf die Tür ihrer Wohnung mit lautem Knall zu. Erschrocken zuckte sie zusammen, ließ den Koffer fallen, lief ziellos hin und her. Ausgelaugt fiel sie auf die Couch, schlief vor Erschöpfung ein.

Am nächsten Morgen wachte sie mit rotgeweinten Augen auf. Sie war hungrig, doch der Kühlschrank war leer, ausgeräumt für den Urlaub. Was sollte sie machen? Einkaufen würde sie nicht, da sie niemanden treffen wollte. Jeder wusste von ihren Urlaubsplänen. Sie hatte keine Lust, zu erklären, warum sie noch hier war.

Wozu hat man Internet, dachte Annika. Kurz entschlossen bestellte sie ihre Lebensmittel bei einem Lieferservice. Die Wartezeit verkürzte sie sich mit Surfen im Netz. Dabei entdeckte sie einen Alibi-Postkartenservice. Das war perfekt. So konnte sie zumindest vorgeben, im Urlaub zu sein.

Drei Tage verbrachte Annika mit Selbstvorwürfen und Zweifeln, suchte nach einer Erklärung für Alas Verhalten. Außerdem hatte sie ihrer Mutter versprochen, sich nach ihrer Ankunft in der Dominikanischen Republik telefonisch zu melden. Ihr fiel die Telefonzelle in der Nähe ihrer Wohnung ein.

Ein paar Minuten später stand sie in der Zelle, hielt den Hörer in der Hand und grübelte noch, was sie erzählen sollte.

„Müller", klang die vertraute Stimme ihrer Mutter aus dem Hörer.

Annika riss sich zusammen. Weinen passte nicht zum Urlaub. Ihre Mutter sollte nichts merken. Sie würde ihr später alles erklären. „Hallo, Mama. Ich bin's, Annika. Wir sind gut angekommen. Es ist unbeschreiblich schön hier.

Jeden Tag über 30 Grad, strahlend blauer Himmel, jede Menge Palmen - Dattelpalmen, glaube ich. Hast du schon meine Postkarte bekommen?" Sie hatte schnell geredet, musste eine Pause einlegen.

„Nein, noch nicht. Ihr seid doch erst angekommen. Was macht ihr denn?"

„Schwimmen, eine traumhafte Bootsfahrt bei Vollmond, die Sonne genießen. Die Sache mit Ala und dem Hai habe ich dir geschrieben, einfach unglaublich. Ach ja, du hast ja meine Karte noch nicht."

Entsetzt unterbrach ihre Mutter Annikas Wortschwall. „Ein Hai? Was ist passiert?"

„Nichts, Mama. Jemand hat sich einen dummen Scherz erlaubt, aber das erzähle ich dir zu Hause. Also ..."

„Hast du seine Eltern schon kennengelernt?" Neugierig fiel die Mutter ihr wieder ins Wort.

„Ein anderes Mal. Ich muss Schluss machen." Annika legte auf, bevor sie noch mehr Unsinn erzählte.

Hastig verließ sie die Telefonzelle, den Strohhut tief ins Gesicht gezogen. Vor dem Häuschen wartete eine Bekannte ihrer Mutter. Ihr neues Sommerkleid und der Hut verhinderten, dass sie erkannt wurde.

Zurück in ihrer Wohnung zog sie erleichtert die

Eingangstür hinter sich ins Schloss. Das war geschafft. In einer Ecke des Flurs blinkte das Telefon. Ob Ala angerufen hatte? Annika schlich das Gerät herum, als handelte es sich um eine Bombe.

Am Abend hielt sie es nicht mehr aus. Ihre Neugier war stärker als ihr Ärger über Alas Verhalten.

Sie hörte die Nachricht nun schon zum dritten Mal ab. Immer noch ungläubig, lauschte sie: *„Annika, es tut mir leid. Ich wollte dich nicht verletzen. Ich habe meinen Eltern nichts von dir erzählt, mich deshalb nicht getraut, dich einfach mitzubringen. Es war dumm von mir. Meine Eltern wollen dich unbedingt kennenlernen. Bitte verzeih mir. Am Flughafen liegt für Übermorgen ein Ticket für dich bereit. Bitte komm. Ich erwarte dich sehnsüchtig. Du fehlst mir. Ich hole dich am Flughafen ab."*

Das war mal wieder typisch für Ala, dachte Annika. Er meldete sich nie mit seinem Namen. In einer Anwandlung von Trotz wollte sie nicht fliegen. Sollte er doch seinen Eltern erklären, warum sie nicht kam. Da fielen ihr die eigenen Schwindeleien ein. Sie hatte ihrer Mutter auch etwas vorgemacht.

Am Ende siegte ihre Sehnsucht nach Ala. Erneut fuhr sie zum Flughafen, viel zu früh. Doch dieses Mal war das Ticket hinterlegt. Annika freute sich auf ihren Freund und seine Familie, sah hoffnungsvoll einem unbeschwerten Urlaub entgegen.